너는
네 인생이
신주희의 연애의 구성
마음에 드니?

너는
네 인생이
신주희의 연애의 구성
마음에 드니?

신주희 글   전광은 그림

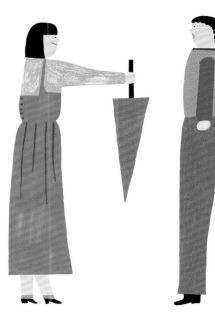

알레고리

너는 네 인생이 마음에 드니?

너는 네 인생이 마음에 드니? 한 계절 두통이 오고, 물건을 떨어뜨리고, 넘어지고도 바보처럼 웃고. 그럴 때마다 새로 태어나는 희망들. 그게 버거울 때도 있지. 그래도 무수하게 웃는 게 너의 일일지도 몰라. 아직, 어린, 잎. 아무래도 너는 네 인생이 참 마음에 드는 모양이다.

Dedication To A Friend

내 생을 사랑하지 않고서는

내 생을 사랑하지 않고서는
도무지 다른 생을 사랑할 수 없음을.

차례

너는
네 인생이 신주희의 연애의 구성
마음에 드니?

너는
네 인생이 신주희의 연애의 구성
마음에 드니?

part one

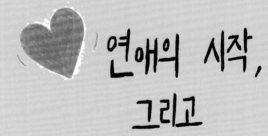

연애의 시작,
그리고

THE ANGEL

남과 여, 모두가 천사였다는 것을 잊고

지금 에덴동산에는 뱀과 하나님뿐.
지겨워서 죽었거나
지루해서 죽었거나

나머지는 모두 지구에 내려와 놀고 있어요.
아주 오래전에 모두가 천사였다는 것은 까맣게 잊고.

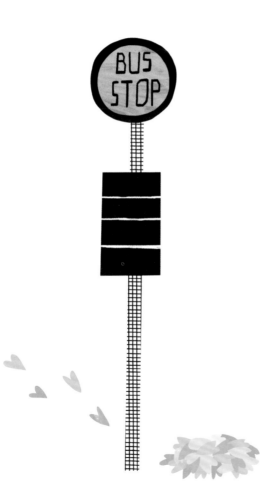

봄날의 기록

버스 정류장 한 모퉁이,
벚꽃이 흐드러졌다.
그것은 마치
내가 쓰지 않으면 영영
아무도 모를 것 같은
봄날의 기록.

알 수 없는 것으로
마음이 뜨거워졌다.

한 사람의 이름

새롭던 것들이 지겨워질 때 혹은,
지겹던 것들이 새로워질 때.
머릿속에 자꾸만 한 사람의 이름이 떠올랐다.

사랑은 무엇으로부터 시작되는가

가슴 뛰는 소리를 듣는 일로부터,
떨림이 무엇인지 아는 일로부터,
따뜻함이 무엇인지 아는 일로부터,

그렇게 시작되지.
사랑, 그것은.

엇박자

사랑은 엇박이다. 두 사람이 첫눈에, 한번에, 사랑에 빠지는 일은 드물다. 그들 사이에는 쉽게 좁혀 질 수 없는 시차가 존재한다. 두 사람의 시제는 어떻게 작동할까. 사랑해, 라고 먼저 고백한 사람은 상대방의 무심함에 몇 번쯤 좌절해야 한다. 스스로의 불완전함과 결핍을 온전히 느끼고, 영영 올 것 같지 않은 평온함을 대책 없이 기다려야 한다. 혼자라는 것이 어떤 것인지 절감해야 하며, 시시때때로 흔들리는 사랑의 실체가 사실은 얼마나 빈약한 것인지도 깨달아야 한다. 그리하여 사랑 그 자체가 완전할 수 없음을 인정하는 것. 사랑의 부피는 이것이다. 엇박에서 오는 절박함.

전화번호 누르지 말 것

술 취한 채 전화번호를 누르지 말 것. 이미 눌렀다면 말하지 말 것. 이미 말했다면 울먹거리지 말 것. 이미 울먹거렸다면 절대로 다시, 라는 말을 꺼내지 말 것.

그럼에도 불구하고 이 모든 것을 저질렀다면, 그냥 잊을 것.

술 취한 사람의 특권은

망각이라는 사실만 기억할 것.

아무도 모르게

기다리는 것을 포기한 때가 있었지.
기약 없이 아득한 길 위에
이제 그만 이정표를 던져버렸던 일.
그 앞에 주저앉아 너를 원망한 일.
끝끝내 엇갈리지도 않는 너를
눈 속에 그렸다 지워버린 일.

그러나 기다림은
그리워한 시간만큼 존재하는 것.
너의 이름을 수도 없이 누락하는 동안에도
알아채지 못하게 더 깊어지는 것.
아무도 모르게 자꾸 창밖을 내다보게 되는 것.

기다림...

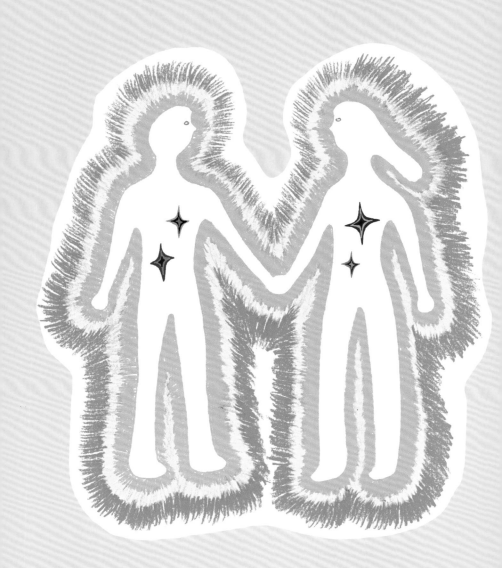

아직, 우리, 더 많이.

가시 광선 범위로 볼 수 없는 너.
가역 음역 범위로 들을 수 없는 너.
맞아.
나는 여전히 널 몰라.

보여 줄 것이,
들려 줄 것이,
아직 더 많은 우리.

질문과 답

무수한 질문을 했었지.
아무런 답이 없는 너.

아무런 질문이 없었지.
무수한 답을 하는 나.

사랑에 있어서 강자와 약자는 바로 이런 것.

밀당

밀고 당기기.
덜 좋아하는 쪽만이 부릴 수 있는 여유.

사랑에 입수

사랑한다면 힘닿는 데까지 자유를 보장해 줄 것.
예의를 다할 것.
사생활을 지켜줄 것.
무엇보다 이별로 협박하지 말 것.

사람을 사랑하는 데 비법이라니.
정의 할수록 애매해지고 결정 할수록 단절된다.

뒤도 돌아보지 말고,
사랑에 입수.

중대한 사건

떨리고, 두렵고, 따뜻하면서 서늘하고, 반짝이는가 하면 한없이 깜깜해지는 순간. 벅찬 충만함과 동시에 말할 수 없는 상실감이 공존하는 사건. 사건의 주인공들은 곧 알게 될 것이다. 그들이 방금 아득하고도 아련한 시공간을 통과했음을. 둘 말고는 아무도 모르는 그들만의 가로등이 탄생했음을. 중대한 사건이 벌어졌다. 별빛 아래 입을 맞춘 저 두 사람에게.

고백의 마술

손에 닿을 수 없는 것들이
그토록 확실해 지는 순간,
너의 고백.

한 번쯤은 방심하고 싶다

너무나 가까워서 들리지 않는 귓속말처럼.
나도 한 번쯤 방심하고 싶다.
투명한 햇살 아래
실핏줄을 드러낸 나뭇잎처럼
바람이 불면 부는 대로.
비가 내리면 내리는 대로.
당신 앞에서
나도.

문득, 당신에게 물어보고 싶다

내가 없는 시간을
당신은 어떻게 견뎠을까.
문득, 물어보고 싶은 날이 있다.

몸을 마주하라

몸의 가장 미세한 진동을 경험하는 것,
은밀한 열기를 피부로 느끼는 것,
전율의 의미를 깨닫는 순간이고
하나의 가능성을 확인하는 것.
짧은 머뭇거림과
옅은 망설임을 지나고
조바심과 두려움이 교차를 반복하는 것.

서로의 안을 들여다보고
너와 나의 시차를
정확히 일치시키는 것.

몸을 마주한 연인들의 자세,
끊임없이 연결되려는 의지를 갖는 것.

고맙습니다

기회를 줘서 고마워.

도움을 줘야 할 때와

도움을 청할 때를 알게 되었어.

사람이 사람에게 얼마나 필요한지도.

그뿐이 아니야.

사랑을 하면 세상이 어떻게 변하는지,

그 사랑에 얼마나 큰 무게가 붙는지도 경험했지.

다 네 덕분이야.

실은 네 덕분에 나는 어른이 되었어.

그냥, 좋다고 말하면 될 걸

그냥 좋다고 하면 될 걸,
그냥 보고 싶다고 하면 될 걸,
같이 가고 싶고,
같이 먹고 싶고,
같이 하고 싶다고,
말하면 될 걸.

사랑에 빠진 사람의 언어는
유독 사랑에 대해 무기력하다.

희한한 말

"나 꿍꼬또, 기싱꿍꼬또."

지상의 오직 단 한 사람만 알아들을 수 있는 매우 희한한 말.
바로 연인들의 언어.

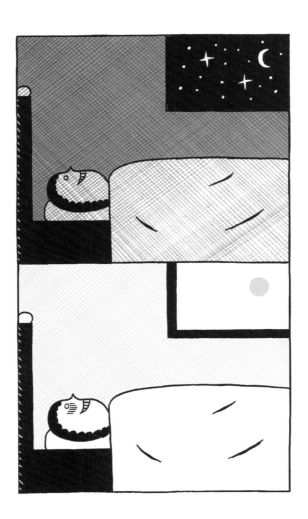

무모한 것으로만 존재하는 그것

눈을 감고 싶은 것,
방향을 얼버무리는 것,
오래도록 잠 못 들게 하고
새벽에도 혼자 깨어있게 하는 것.
주소도 묻지 않고
혼자서 해 저무는 길을 가게 하는 것.

무모한 것으로만 존재하는
사랑, 그거.

외로워지기 전

우리 서로의 어깨에 기대어 저물어 갈 순 없을까.
뜨거운 마음 같은 기대는 좀 접어두고
따뜻한 밥 한 끼를 함께 나눠 먹으며.

얼른,
더 외로워지기 전에.

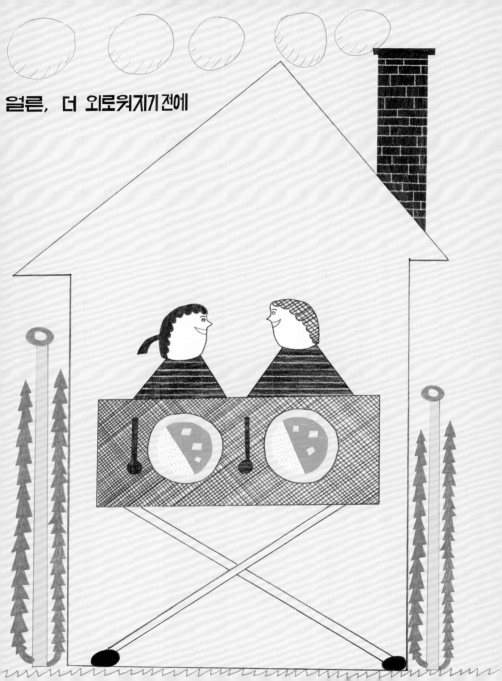

얼른, 더 외로워지기 전에

당신이란 말

당신이라는 동사,
당신이라는 목적어,
당신이라는 형용사,
나의 모든 언어가
당신을 향해 있다.
닿을 수 없어 더 간절한 말.
당신이라는 접속사가 필요한 오후 3시.

너를 밀봉한다

확신했던 것들을 놓는다.
집착했던 것들을 버린다.
통념들을 포기한다.
아무것도 믿지 않고, 연민하지 않는다.
진공 상태로
너를 밀봉한다.
역설적이다.
사랑, 그 자체가 발현되는 순간이다.

사랑의 작동 원리

사랑에 빠진 사람의 뇌가 작용하는 메커니즘을 보면,
사랑은 '감정' 보다는 '행동' 영역의 활동이다.
행동을 동반한다는 점에서 사랑은 감정이 아니다.
사랑은 어떤 상태,
사랑은 어떤 동작,
사랑은 어떤 반응.

때문에 사랑에 빠진 우리는 자주 넘어진다.
깨지고, 피를 흘리고, 상처에 비틀거린다.
사랑의 작동 원리는 간단하다.
행동할 것,
그리고 충분히 상처 입을 것.

신의 섭리는 여기.
인생의 묘미도 바로, 여기.

따뜻한 어깨

더 좋은 것이 생각나지 않았다.
따뜻한 어깨 위에 고개를 기울이는 저녁.

사랑은, 내가 너를, 이해한 만큼

너의 목소리에 귀 기울이고,
너의 이야기를 가늠해 본다.
너를 이해한다는 것은
너의 시간을 상상해 보는 것.
나의 이해가 미치는 만큼
온전히,
나는 너를
사랑할 것이다.

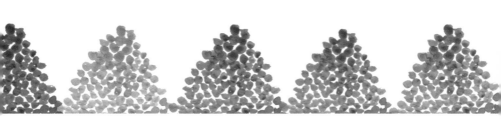

이 사람의 느린 걸음

이 사람에게는 빈 곳이 참 많겠구나.
억세지 않은 말과 약간은 느린 걸음.
밥을 씹는 습관과 자주 먼 곳을 향하는 눈.
어떤 것도 복잡해지지 않는 정도.
내가 이유도 없이 그를 따랐던 건 그게 부러워서였다.
그 특유의 한가함과 게으름이 갖고 싶어서였다.

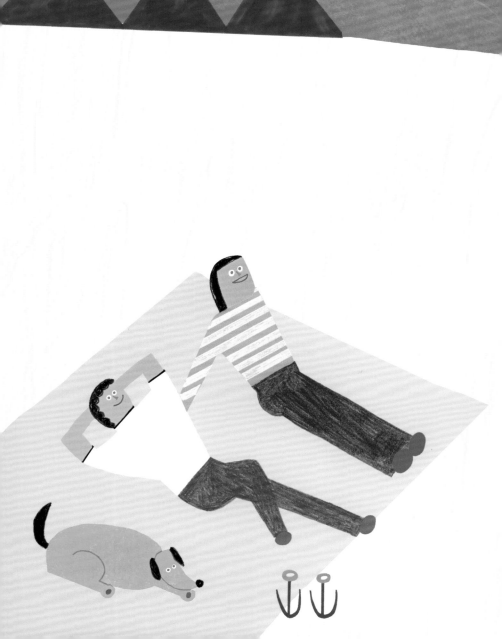

둘만의 은밀한 경험

사랑은 여러 가지 모습으로 온다.
그중에서 가장 강력한 사랑은 친밀한 이해를 바탕으로 오는 것.

손을 잡지 않아도,
입을 맞추지 않아도,
간격을 두고 멀찌감치 걸어도,
사랑이 둘만의 은밀한 경험이라는 것을 잘 아는 사람들,
바로, 오래된 연인.

빈자리

나에게는 빈자리가 있다.
너에게도 빈자리가 있다.
그대로 비워둔다.
고요하고 단호한 일이 일어난다.
혼자서는 결코 견뎌질 수 없는 아득한 일.
그리하여 우리는 서로에게 몰두한다.
나는 너를
너는 나를
더는 떠날 필요가 없다.

위성처럼 존재하기

내가 네 옆에 없으면 불안해지고 불행해지는 관계가 아니라
서로에게 위성처럼 존재한다는 사실만으로 힘이 되는 사랑.
떠날 필요가 없는 사랑이란 이런 것.

고맙고 고맙고 고맙다

내가 누구를 얼마나 사랑하는지에 대해 늘 생각했다.
그 사람에게 내 마음을 보여주는 것,
그 사람에게 무엇인가를 해주는 것,
그게 제일 중요하다 믿었다.

정말 소중한 사랑을 갖게 되면서부터
그 사람의 사랑에 대해 생각하기 시작했다.
그 사람이 내게 보여주고 싶은 것,
그 사람이 내게 해주고 싶은 것,
그걸 귀하게 받고 오래 간직하는 것.

나를 참 많이도 사랑하는 너.
고맙고, 고맙고, 고맙다.

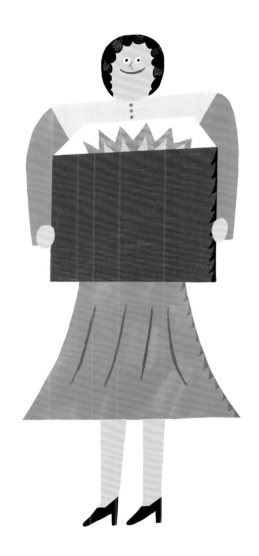

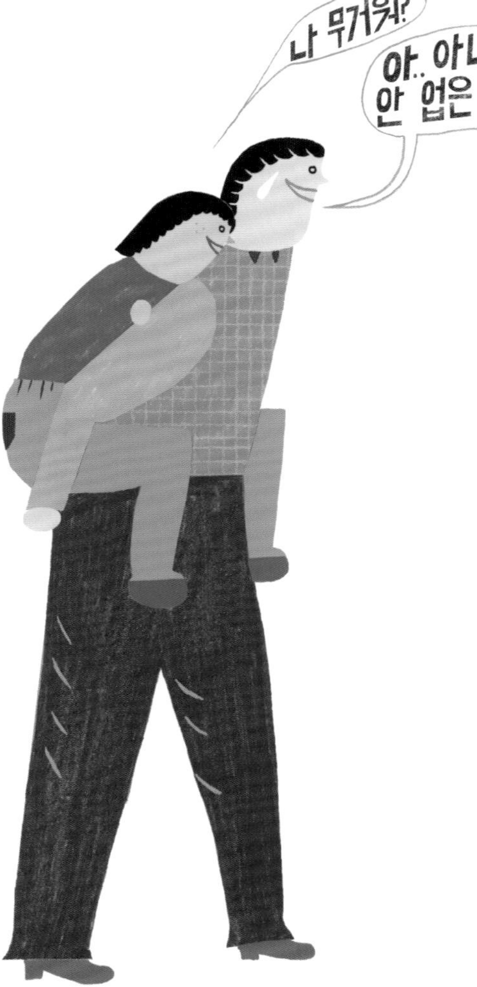
나 무거워?
아.. 아니
안 업은 것 같아.

사랑이 드러나는 방식

희생은 사랑이 드러나는 방식이며 외향이다.

헌신

만나고,
헤어지고,
아파하고,
회복되고,
또 다시

마침내 도달한 결론,
사랑은 헌신적으로 다른 사람의 성장을 돕는 일.

물음의 변신

이 남자가 나를 행복하게 해 줄 수 있을까, 묻던 때가 있었다.
내 사랑이 어렸을 때다.
이 남자를 행복하게 해 주고 싶다, 다짐하는 때가 있다.
많이 컸다,
내 사랑.

내가 더 잘 할께.

시간의 단층, 사랑의 화석

우리 사이에 흐르는 시간은 쌓이고 있는 것일까. 15년 된 부부를 봤다. 결혼기념일을 위해 나들이를 계획했다고, 마치 내일 저녁 반찬을 얘기하는 말투였다. 나는 그들 사이에 반듯하게 쌓여있는 시간의 단층을 잘라보는 기분이었다. 흙과 돌과 바람이 견고하게 굳은 지층. 다이아몬드처럼 빛나는 신뢰를 발견한 느낌. 문득, 둘 사이의 시간이 부러웠다.

사랑은 상처를 포함한다

연애를 시작하면서, 무작정 행복해지고 싶다는 마음은 접어두시길.
사랑은 어떤 방식으로든 상처를 포함한다.

part two

그리고,
연애의 종말

그 이유 때문에

사랑한다는 바로 그 이유 때문에,
사랑은 늘 위태롭다.

분노와 용서 그리고 망각

우리가 서로에게 어울리는 사람이 되는 유일한 방법.
분노할 것에는 분노를.
용서할 것에는 용서를.

그 이외 것은
망각의 힘을 빌립시다.

모르는 것에 대해 우리가 할 수 있는 대답

너는 물었지,
너를 얼마나 사랑하느냐고.
우리의 시간은 얼마나 남아있는 거냐고.

나는 배웠어.
모르는 것에 대해 우리가 할 수 있는 대답은
그저 침묵이라고.

시린 발

당신의 계절은 겨울이라는 확신이 든다.
시리게 아픈 것과 아련한 따뜻함이 공존한다.
나는 늘 그런 당신 앞에서
시린 발을 동동 굴렀지.

미지근한 물이 몸에 좋다

예전에는 미지근한 것이 나쁜 것이라 생각했다. 차갑게 돌아서거나 뜨겁게 안기는 것이 사랑에 대한 올바른 태도라고 굳게 믿었다. 시간이 지나면서 알게 되었다. 너무 차거나 너무 뜨거운 것은 부담스럽다는 것을. 마음의 적절한 온도에 대해 생각해 본다. 미지근한 물이 몸에는 더 좋다 하지 않았나.

지금 내가 바쁜 이유

하루 종일 너만 기다리는 사람이 되지 않기 위해,
나는 지금 바쁘다.

이별은 예감보다 앞서 기다린다

예감보다 늦는 이별은 없다.
늘 일찌감치 도착해 우리를 기다린다.
잔인한 끝인사를 남기는 것도,
만날 기약을 두지 않는 것도,
이별의 일이다.

빈 문장

당신이 온통 질문이었던 시간들이 있었다.
끝끝내 답이 되어 돌아오지 않은 당신.
온통 미완인 문장들이
당신과 나 사이에 있다.

주어가 없는,
목적어가 없는,
동사가 없는,
오직 가슴을 직시할 때만 완성되는
어쩌면 빈 문장.

시간 나눠 쓰기

누군가를 생각하는 것은
그 사람을 염두에 두고 시간을 나눠 쓰는 일이다.
여백을 남겨 두고
함께하는 시간 동안 최선을 다해 행복해지는 일.

네가 나로 인해 쓴 시간이 얼마일까.
손가락을 폈다 꼽아보는 서운한 시간이다.

가끔은 그 사랑 때문에 피곤하다

관계가 서로 만족스럽고 보람될 때
사랑은 팽팽하게 유지된다.
그 관계는 끊임없이 다른 것들을 요구한다.
변화하는 요구에 맞출 때만 활짝 피어나는 사랑.

가끔 그 사랑 때문에 우리는 피곤하다.
그럴거라면,
그럴거라면.

그럴거라면,
그럴거라면,

Simple & Complex

어떻게 보면 누군가를 좋아한다는 증거는 매우 심플하다.
어떤 역경에도 불구하고 오직 그 사람만 보이는 것.
그렇게 보니 싫증났다는 증거는 매우 복잡하다.
모든 역경의 원인을 굳이 따져봐야만 비로소 그 사람이 보이는 것.

어떤 사이

너와 나.
너와 일과 나.
너와 일과 잠과 나.
너와 일과 잠과 테니스와 나.

이렇게 멀어지는 거다.
어떤 사이란.

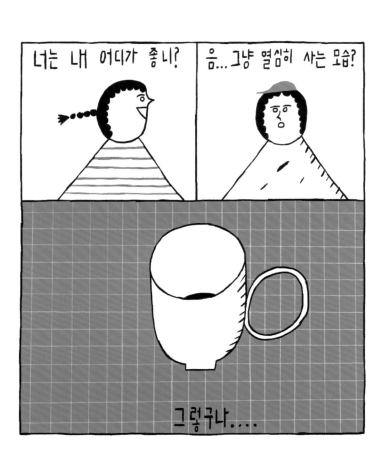

농담이 농담처럼 느껴지지 않을 때

너는 내 어디가 좋니?
어떻게든 열심히 사는 모습?

문득, 애인의 농담이 농담처럼 안 느껴지는 순간이 있다.
둘 사이 온도가 서서히 식어가고 있다.

그렇게 아무것도 아닐 수 있는,

우리는 어느 순간 손을 놓고 걸었다.
가슴이 뛰지 않았다.
간절한 포옹도
짜릿한 키스도
더는 구하지 않는 밤이 이어졌다.
그건 그냥 그런 거라고
그걸 그냥 그렇게 여겼다.

어쩌면 이번 생애에서는 불가능할 수도 있겠다.
당신을 처음처럼 설레어 하는 일.
그래도 가끔은
내 손 위에 너의 손을 포개어 줬으면.
기가 막히지만
사랑이란 그렇게 아무것도 아닐 수 있으니.

안개가 말하는 것

둘 사이 안개가 말하는 것은
열정이 이슬점 아래로 내려갔다는 것.
바람도 거의 불지 않는다는 것.
지상에서 가장 가파른 절벽이
서로의 발 앞에 있다는 것.

금이 가면

한 번 금이 가면
발끝까지 쪼개지는,
그것은 마음.

속수무책

어쩔 수 없이 아파야 한다.
어쩔 수 없이 찢어지고 갈라져야 한다.
어떤 슬픔은 그렇게 속수무책이다.

용기가 필요한 시간

떠날 때
버릴 때
거절하고 놓을 때.

그 반대의 순간보다
더 큰 용기가 필요할 때.

아, 힘들어

나는 꼭 당신을 온몸으로 뚫고 나온 것 같아.

아, 힘들어.
당신과의 연애.

너의 뒷모습

네가 뒤돌아간다.
너의 뒷모습을 본다.

떠난다는 것은
보낸다는 것은
어떤 의미로든 간절하게 시간을 버티는 일.
너의 행운을 빌어본다.
끝, 그것은 얼마나 힘이 쎈 단어인지.

별을 올려다 보는 것

별을 올려다보는 것은
잃은 것들을 응시하는 일이다.

소나기가 멈추고 나서야
갈림길이 끝나고 나서야
비로소 네가 없음을 깨닫는다.
눈물처럼 맺혀있다
아득하게 떨어지는 너.
별을 올려다볼 수 있어 다행이라고 생각한다.
너와 나 사이에
별빛이 있어 참 다행이라 생각한다.

내 몫

다 가지겠다.
돌아서는 뒷모습까지 낱낱이.
무슨 이유가 있겠지.
그리워할 것을 굳이,
내 몫으로 남겨놓은.

잘 가라, 부디

사랑에 익숙해지는 것이라 생각했다.
사람에 익숙해지는 거였다.
폭풍 같은 계절과
안개 같은 고독을 겪고 나서야 보이는
너와 나의 거리들.
너무 가까이 자리 잡아
제대로 자라지 못한 나무들처럼
우리는 서로에게 그늘을 드리웠다.
성글고 창백한 꽃이 필 때
그것이 상처인 줄도 모르고
가시가 돋은 손을
억지로 억지로 마주 잡고 있었지.

잘 가라, 부디.
너에게 이별이
소통을 선물했기를.

멀리 돌아온, 그 짧은 길

내가 당신을 어떻게 빠져나왔을까.
전혀 기억나지 않는다.
빠져나와 보니 알겠다.
자욱한 안개 속에서 수도 없이 길을 잃었었구나.
그 짧은 길을
정말, 멀리도 돌아왔구나.

추우면 안 되는 사람

어차피 생각날 거,
보드라웠던 그 손을 생각하세요.
기차를 타고 갔던 여행의 기억이라든지,
선물을 내밀 때 짓던 쑥스러운 표정 같은 거.
마주 앉아있던 찻집의 냄새라든지,
흥얼거리던 멜로디 같은 거.
잠시라도 몸을 따뜻하게 하세요.
이별한 사람은
절대로
추우면 안돼요.

혼자

헤어져도 절대 죽지 않는다는 거.
결국은 기어이 혼자가 된다는 거.
마침내 혼자가 익숙해 진다는 거.

쓸쓸할 줄 뻔히 알면서도
이제는 살아야 한다.
이제는 그래야 한다.

희망과 걱정

이제, 앞으로, 어떻게, 하는 걱정이 밀려왔다.
적어도 그것은
희망에 관한 것이라 믿어본다.

딱, 너만

돌아서는 너에게
내 마음을 적어 보내고 싶었으나
몇 시간째 백지다.

아무것도 없다.
너만 있다.
온 우주를 통틀어 딱, 너만.

마음을 잃다

사람 마음이 다 같지,
사람 마음이 다 다르지,
그 사이에서 길을 잃었다.

어딘가를 향하고 있을 그 사람 마음,
알 듯 말 듯.

끝, 끝, 끝

인간에게 가장 효율적으로 진화한 기관은 망각기능이다.
도무지 수정 불가능한 너와의 끝을 바꾸는 것은
잊고, 새롭게 시작하는 것뿐.

잘 가자.
그동안 수고했다.

드라이플라워처럼 바짝 말려서

어디로 가든 마찬가지라면 굳이 어디로 떠날 필요가 있을까.
방문을 닫고, 이불을 깔고, 이불 속에 들어가 잔뜩 웅크리고.
너무 좁아 스스로 가둔 것도 모르게 차라리 나오지 말자.
햇볕도 쬐지 말고,
바람도 쐬지 말고.
그럼 잘 마를 거다.
너랑 나랑 행복했던 기억 같은 것은.
드라이플라워처럼 바짝 말려서
방문에 걸어두자.
정말 마지막이라는 신호로.

당신이 버리고 간 말

당신이 버리고 간 말과 눈물을
햇볕 잘 드는 벤치에 앉아 말리고 있다.
바삭하게 잘 말려야지.
생각날 때마다 조금씩 떼어서
오래오래 녹여 먹어야지.

예의의 의무

사랑은 멸시의 대상이 될 수 없다. 개별 방식으로 존재하고 개별 방식으로 소멸하기 때문이다. 그러므로 사랑은 사람마다 다른 빛과 의미를 가진다. 사랑이 그러한데, 그 끝은 어떠해야 할까. 아무리 지랄 맞은 이별이라 할지라도 헤어진 사람에게는 예의를 갖춰 슬픔을 표현할 것. 그것은 같은 시간을 함께 지나온 사람으로서의 의무다. 거기까지가 사랑의 완성이라는 사실을 우리는 각자의 길로 돌아서는 순간 떠올려야 한다.

Epilogue

수국

그곳의 수국은

목적 없이 피어 있어서 참 좋았다.

part three Epilogue 그 이후

연애에 관한 💜
현대과학의 지침

사랑은

피가 뜨거워 지는, 사랑은 생물학이다.
호르몬 변화에 민감한, 사랑은 화학이다.
경제생활에 도움이 안 되는, 사랑은 물리학이다.
이해할 수 없는, 사랑은 수학이다.
현실감각이 떨어지는, 사랑은 심리학이다.

지금까지,
사랑에 대한 현대과학의 지침.

할 수 있는 자는 실행하고,
할 수 없는 이는 가르친다

사랑할 능력이 없는 자는,
사랑에 빠진 친구를 관리한다.

H.L 멘켄의 법칙의 활용

36.5도 이상의 열정

따뜻한 손과
따뜻한 가슴이 만나는 것.
붉은 뺨과
붉은 입술이 부딪치는 것.
혈관 속에 열이 떠다니고
이마가 더워지는 것.
나누어도 나누어도
영영 식지 않는
뜨거운 몸을 갖는 것.

사랑은
36.5도 이상의 열정을 유지할 때만 지속된다.

열애 온도 지속의 법칙

더 심한 외로움

아무리 네가 좋아도
외로울 때가 되면 어김없이 쓸쓸해진다.
혼자일 때보다 더 심한 외로움을 경험한다.

외로움 질량 보존의 법칙

온도차

나는 너무 뜨거운데
너는 덜 뜨거운 거.
그것 때문에 가슴이 까맣게 타들어 가는 것.

사랑하는 사람 사이의 온도차는
서로 0일 때 평온해진다.

양자 썸 제로의 법칙

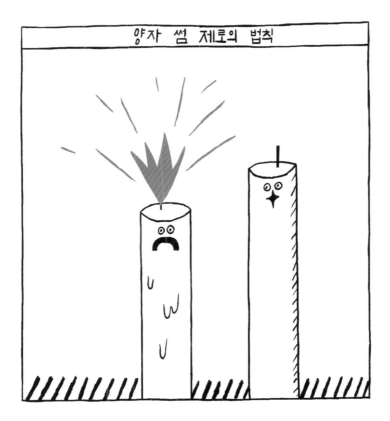

역설과 모순의 다른 이름

아이러니하지만 가장 논리적인 것, 가장 구체적인 것, 예측 불가능 하지만 가장 정확한 감정을 갖게 하는 것. 역동적이면서도 움직이지 않고 가장 믿고 싶은 대상인 동시에 가장 의심스러운 것, 바로. 사랑.

아이러니의 법칙

머리와 마음

사랑은 머릿속에서 자생하지 못한다.
이성의 사각지대에서만 비밀스러운 뿌리를 내린다.
지켜지지 않은 약속들을 떠올려도
무심했던 순간들을 꼽아 봐도
남아있는 상처를 곱씹어도
소용이 없다.
너로부터 달아나려는 머리와
너를 향해 내달리는 마음

문득 깨닫는다.
이성과 감성의 근본적인 차이.

이성과 감성의 차이 법칙

예측 가능한 사람

그 사람에게 예측 가능한 사람이 되어주는 것,

예측과 불안의 상관 법칙

그 사람의 불안을 적극적으로 막아주는 일.

사랑의 임무

온 로드.
오프 로드.

사랑의 임무는 그 둘의 차이를 없애는 것.

온 오프 무차별 법칙

조언과 상식을 넘어

친구의 조언과 주변의 상식.

당신의 연애에 가장 경계해야 할 것.

친구의 조언 개무시 법칙

끼 없이는
　사랑도　없다,

끈 없이는
　사랑도　없다,

깡 없이는
　사랑도　없다,

꿈 없이는
사랑도 없다,

끝.

PS 돈 없이는,
사랑도 없다.
…… 없을까?

너는 네 인생이 마음에 드니? 신주희의 연애의 구성

2017년 7월 1일 1판 1쇄 박음
2017년 8월 4일 증보 1쇄 펴냄

지은이 신주희
그린이 전광은
펴낸이 김철종 박정욱
책임편집 김성은
디자인 이찬미
마케팅 오영일
인쇄제작 정민문화사

펴낸곳 알레고리
출판등록 1983년 9월 30일 제1 - 128호
주소 03146 서울시 종로구 삼일대로 453(경운동) KAFFE빌딩 2층
전화번호 02)701 - 6911   팩스번호 02)701 - 4449
전자우편 haneon@haneon.com   홈페이지 www.haneon.com

ISBN 978-89-5596-802-6 03810

이 도서의 국립중앙도서관 출판예정도서목록(CIP)은 서지정보유통지원시스템 홈페이지(http://seoji.nl.go.kr)와
국가자료공동목록시스템(http://www.nl.go.kr/kolisnet)에서 이용하실 수 있습니다.(CIP제어번호: CIP2017015154)